L'AMOUR

ET LE PROCÈS,

COMÉDIE EN UN ACTE.

Extrait du Catalogue de LADVOCAT.

PIÈCES NOUVELLES.

CLOVIS, tragédie en cinq actes, par M^r. Viennet, 2e. édition. Prix, 3 fr., et 3 fr. 50 c. par la poste.

LE FOLLICULAIRE, comédie en cinq actes et en vers, par M. Delavile de Mirmont, 3e. édition. Prix, 3 fr., et 3 fr. 50 c. par la poste.

MARIE STUART, tragédie en cinq actes, par M. Lebrun, deuxième édition. Prix, 3 fr., et 3 fr. 50 c. par la poste.

JEANNE D'ARC, tragédie en cinq actes, par M. Davrigny; troisième édition. Prix, 3 fr., et 3 fr. 50 c. par la poste.

LES VÊPRES SICILIENNES, tragédie en cinq actes, par M. Casimir Delavigne; troisième édition. Prix, 2 fr. 50 c., et 3 fr. par la poste.

LES COMÉDIENS, comédie en cinq actes et en vers, par le même auteur; troisième édition. Prix, 2 fr. 50 c., et 3 fr. par la poste.

DÉMÉTRIUS, tragédie en cinq actes, par M. Delrieu, auteur d'Artaxerce; deuxième édition. Prix, 3 fr., et 3 fr. 50 c. par la poste.

LE MARQUIS DE POMENARS, comédie en un acte et en prose, de madame Sophie Gay; deuxième édition. Prix, 1 f. 50 c., et 1 fr. 75 c. par la poste.

ALEXANDRE CHEZ APELLE, comédie en un acte et en vers, par M. Delavile de Mirmont, auteur du *Folliculaire*. Prix, 1 fr. 50 c., et 1 fr. 75 c. par la poste.

L'HOMME POLI, comédie en cinq actes et en vers, par M. Merville, auteur de la *Famille Glinet*. Prix, 2 fr. 50 c., et 3 f. par la poste.

LE FLATTEUR, comédie en cinq actes et en vers, par M. Gosse, auteur du *Médisant* et des *Proverbes dramatiques*. Prix, 2 fr. 50 c., et 3 fr. par la poste.

L'ARTISTE AMBITIEUX, comédie en cinq actes et en vers, par M. Théaulon. Prix, 2 fr. 50 c., et 3 fr. par la poste.

CONRADIN ET FRÉDERIC, tragédie en cinq actes, par M. Liadières. Prix, 2 fr. 50 c., et 3 fr. par la poste.

DE L'IMPRIMERIE DE HOCQUET.

L'AMOUR ET LE PROCÈS,

COMÉDIE

EN UN ACTE ET EN VERS,

Par M. GAUGIRAN NANTEUIL.

REPRÉSENTÉE, POUR LA PREMIÈRE FOIS, A PARIS, PAR LES COMÉDIENS ORDINAIRES DU ROI, SUR LE PREMIER THÉATRE FRANÇAIS, LE 4 DÉCEMBRE 1820.

Prix : 1 fr. 50 c.

PARIS,

A LA LIBRAIRIE FRANÇAISE DE LADVOCAT,
PALAIS-ROYAL, GALERIE DE BOIS, N° 195;
ET CHEZ BARBA, DERRIÈRE LE THÉATRE FRANÇAIS.

1820.

PERSONNAGES.	ACTEURS.
SAINVAL, Maître des Requêtes, amant de Mad. Saint-Géran	M. DAMAS.
DERMON, Colonel, amant d'Eugénie	M. ARMAND.
Mme SAINT-GÉRAN, Tante d'Eugénie.	Mlle LEVERD.
EUGÉNIE	Mlle MARS.
UN VALET, personnage muet.	

La scène est à Paris, chez Mad. St.-Geran.

Le théâtre représente un Salon.

L'AMOUR ET LE PROCÈS,

COMÉDIE.

SCÈNE PREMIÈRE.

EUGENIE, Mad. SAINT-GÉRAN.

EUGÉNIE.

Non, ma tante, jamais je n'oublîrai, j'espère,
Tout l'amour que je dois à ma seconde mère;
Orpheline au berceau, dans tes soins prévenans,
N'ai-je pas retrouvé les soins de mes parens?
Ton bras fut le soutien de ma première enfance,
Ta raison éclaira mon inexpérience.
Tu formas à-la-fois mon esprit et mon cœur;
Je te dois tout, enfin, je te dois le bonheur.
Je n'avais qu'un procès pour unique héritage,
Tu le défends encor; mais avec un courage,
Un zèle !....

MAD. SAINT-GÉRAN.

Eh! cesse donc d'admirer ma vertu.
Je n'ai, ma chère enfant, fait que ce que j'ai dû;
Tu perdis, jeune encor, et ton père et ta mère;
De l'un j'étais la sœur, l'autre m'était bien chère.

Recueillir leur enfant, défendre avec chaleur
Un procès d'où dépend ton bien et leur honneur,
Tel était mon devoir : je l'ai rempli, je pense;
Mais dans ton amitié, dans ta reconnaissance,
N'en trouvé-je donc pas un salaire bien doux?
De tout autre sujet, de grace, occupons-nous;
De Dermon, par exemple.

EUGÉNIE.

Oh! ma tante!

Mad. SAINT-GÉRAN.

Ma nièce,
De Dermon autrefois tu me parlais sans cesse:
De vertu, de mérite et de candeur rempli,
A t'entendre, c'était un jeune homme accompli,
Celui-là, disais-tu, rendra sa femme heureuse;
Tu rougis, mon enfant, ne sois donc pas honteuse;
Dermon a pu te plaire...

EUGÉNIE.

Oui : mais il est bien changé.
Il a, je ne sais où, pris certain préjugé
Contre tout notre sexe; il pense au fond de l'ame
Que rien n'est plus léger que le cœur d'une femme;
Tromper, dit-il, voilà leur seule ambition;
Et ne fait pas pour moi même une exception,
A moins que je ne veuille à son amour extrême
Répondre clairement par ces mots : *je vous aime.*

Mad. SAINT-GÉRAN.

Je vous aime? est-il vrai? c'est t'estimer bien peu
Que de te demander un si pénible aveu.

EUGÉNIE.

Rassure-toi d'ailleurs, soit hasard, soit prudence,
Et comme si j'avais deviné ta défense,

Je n'ai jamais voulu, quoiqu'il l'ait désiré,
Avouer le penchant qu'il m'avait inspiré.

MAD. SAINT-GÉRAN.

Tant mieux; on ne sait pas de quelle conséquence,
Pour une demoiselle, est la moindre imprudence;
Mais Dermon de ton cœur doute encore aujourd'hui,
Il t'aimera toujours, tu peux compter sur lui.
Pour le rendre constant, mais avec certitude,
D'un amant prolongeons la douce inquiétude :
Notre adresse nous sert autant que nos vertus.
L'homme sûr d'être aimé, bien souvent n'aime plus.

EUGÉNIE.

Ah! ah! Monsieur Dermon, c'est donc par inconstance
Que vous désirez tant savoir ce que je pense.
Cet aveu, j'en réponds, vous l'attendrez long-tems.

MAD. SAINT-GÉRAN.

Tu le vois, ces messieurs ne sont jamais contens,
C'est comme ce Sainval qui, depuis mon veuvage,
Me parle à tout moment d'un nouveau mariage.

EUGÉNIE.

Celui-là n'a pas tort; délicat en amour,
Il voudrait bien te voir le payer de retour;
Il est d'ailleurs très-gai, d'un caractère aimable.

MAD. SAINT-GÉRAN.

Sa tendresse pour moi, je pense est véritable.

EUGÉNIE.

Plus je songe à ce nœud, ma tante, et plus je crois
Que l'hymen te rendrait heureuse sous ses lois.

MAD. SAINT-GÉRAN.

M'engager de nouveau serait une folie,

EUGÉNIE.

Pourquoi donc ? n'es-tu pas encore jeune ?

Mad. SAINT-GÉRAN.

Eugénie,
Tu perdras tout mon bien.

EUGÉNIE.

Je garderai ton cœur.

Mad. SAINT-GÉRAN.

Songe à tes intérêts.

EUGÉNIE.

Je songe à ton bonheur.
Ah ! quel plaisir pour moi, si la même journée,
Chère tante, éclairait notre double hyménée.

Mad. SAINT-GÉRAN.

Pourquoi pas, nous verrons... mais un petit moment,
Tu parais à Dermon t'intéresser vraiment :
Tombât-il aujourd'hui dans l'indigence extrême,
Heureux ou malheureux, tu l'aimerais de même.
Pour Sainval, à mon tour, je pense comme toi ;
Mais ces Messieurs ont-ils autant de bonne foi ?
Le tems te l'apprendra ; c'est à notre richesse
Que nos amis souvent mesurent leur tendresse !
Si chacune de nous, dans le même moment,
Et perdait son procès, et perdait son amant,
Combien nous rougirions, nous voyant délaissées,
De nous être avec eux un peu trop avancées !
Chère amie, il faut donc, jusqu'à l'événement,
Agir, si tu m'en crois, toutes deux prudemment.

EUGÉNIE.

C'est cela, cachons-leur notre amour et nos peines,
Tant que de ce procès nous serons incertaines.

MAD. SAINT-GÉRAN.

C'est sans faute aujourd'hui que l'on doit le juger.
Or voici mon projet qui peut tout arranger.
Perdons-nous ! c'en est fait de notre mariage,
Loin de Paris, au sein d'un modeste ermitage,
Oubliant nos plaisirs, notre amour, nos penchans,
Nous irons toutes deux goûter la paix des champs.
Gagnons-nous, au contraire ! il n'en est plus de même,
Je permets qu'à Dermon tu dises : *Je vous aime.*
Et déjà je le vois, charmé de son destin,
Venir à deux genoux me demander ta main.
Moi, de votre bonheur pour n'être point jalouse,
Au desir de Sainval je cède, oui, je l'épouse.

EUGÉNIE.

C'est arrêté ?

MAD. SAINT-GÉRAN.

C'est dit.

EUGÉNIE.

Sainval sera content.

MAD. SAINT-GÉRAN.

Je vais mettre un chapeau, ton procureur m'attend :
Nous avons à causer, et dans la matinée,
Chez les juges je veux faire aussi ma tournée ;
Sans adieu.

EUGÉNIE.

Dis-moi donc, ma tante, si Dermon
Ce matin, par hasard, venait dans la maison,
Sans cesse tu l'entends, il se plaint, il soupire,
Je suis embarrassée, et ne sais que lui dire ;
Il est à tout moment à me parler d'amour.

MAD. SAINT-GÉRAN.

On use, dans ce cas, ma chère, [illegible]eur,

On ne dit mot : craint-on de paraître impolie,
On parle du beau tems, que sais-je ? de la pluie ;
On plaisante, et sachant saisir l'occasion,
On détourne avec art la conversation :
De cette leçon-là, souviens-toi bien, ma chère.

EUGÉNIE.

Je ne l'oublîrai pas, ma tante, je l'espère,
Dermon peut avec moi causer quand il voudra,
La pluie et le beau tems ! je ne sors pas de là.

Mad. SAINT-GÉRAN.

Amuse-t-en un peu, c'est très-bien, chère amie ;
Mais du procès surtout, pas le mot, je t'en prie.

EUGÉNIE.

Sois tranquille.

(*Madame Saint-Géran sort.*)

SCÈNE II.

EUGÉNIE *seule.*

En effet, ma tante a bien raison,
De mon procès dépend ma fortune, et Dermon
L'ignore absolument : pour jamais ruinée,
Si j'allais de Dermon me voir abandonnée !
Mais un pareil soupçon n'est guères généreux,
Pour venir de sa part, le trait est trop affreux.
Ah ! je le connais bien, délicat et sensible,
Il n'a qu'un seul défaut, c'est d'être susceptible.
Un fat, par son mérite, aurait cru me charmer,
Et Dermon doute encor que je puisse l'aimer ;
Par ses soupçons, sans doute, il me met au supplice ;
Mais je veux qu'aujourd'hui même cela finisse :

Il ne pourra douter de mon tendre penchant;
Je suis triste, il arrive, et je ris sur-le-champ;
Mettons dans mon accueil un abandon extrême;
Disons-lui tout enfin, excepté je vous aime;
Mais le voici.

SCENE III.

EUGÉNIE, DERMON.

DERMON.

Peut-on sans indiscrétion
Vous offrir le bon jour?

EUGÉNIE.

C'est vous, monsieur Dermon;
De si bonne heure?

DERMON.

Oh! oh! la remarque est étrange?
Je vais me retirer, puisque je vous dérange.

EUGÉNIE.

Qui peut vous suggérer de semblables soupçons?

DERMON.

Je croyais...

EUGÉNIE.

Je croyais... sont-ce là des raisons?

DERMON.

Vous le voyez, le sort me poursuit sans relâche,
Je ne fais que paraître, et déjà je vous fâche.

EUGÉNIE.

Quel serait le motif, dites, de mon courroux?
Mais non, vous tourmenter est un plaisir pour vous.

DERMON.

Pardon, de l'amour vrai tel est le caractère.
L'amant tendre est timide, et la peur de déplaire
Lui fait presque toujours craindre d'avoir déplu.

EUGÉNIE.

Vous tremblerez toujours; vous l'avez résolu.
Rassurez-vous donc.

DERMON.

Soit : mais, tenez, Eugénie,
Nous allons nous brouiller encor, je le parie.

EUGÉNIE.

Encor !

DERMON.

C'est presque sûr. Les momens les plus doux
Sont ceux que, chaque jour, je passe auprès de vous.
Les yeux ont, je le sais, aussi leur éloquence;
Mais je vous ennuirais par un trop long silence,
Il faut donc vous parler, et voilà l'embarras,
Aux peines qu'on ignore on ne compâtit pas.
Du même sentiment préoccupé sans cesse,
Ma conversation roule sur ma tendresse.
Je vous peins mes tourmens, mon espoir, mes projets;
Et je reviens toujours sur les mêmes sujets.
Je crois vous attendrir, inutile espérance!
Dans le même moment vous songez à la danse,
Vous citez le roman, ou la mode du jour,
Bref, vous parlez de tout, excepté de l'amour.

EUGÉNIE.

Je suis pour cette fois excusable, j'espère,
Ce n'était pas à moi d'en parler la première.

DERMON.

J'ai tort, et j'en conviens; voyez ma loyauté!
Ma bouche n'a jamais trahi la vérité.

Aussi quand je vous dis combien vous m'êtes chère,
Que je n'aime que vous, qu'à tout je vous préfère.
Pourquoi me laisser vivre inquiet, incertain,
Attendant tour à tour et craignant mon destin ?
Vous en êtes l'arbitre. Ah! si mon sort vous touche,
Il dépend d'un seul mot sorti de votre bouche.

EUGÉNIE, *à part.*

Ma tante avait raison, ses conseils sont prudens.
(*Haut.*)
Il me semble qu'il fait aujourd'hui bien beau tems.

DERMON.

Le beau tems! la réponse est juste et conséquente.

EUGÉNIE.

La campagne doit être en ce moment charmante;
Le murmure des eaux, le doux calme de l'air...
Qu'en dites-vous?

DERMON.

J'ai lu ce morceau dans Gessner.

EUGÉNIE, *à part.*

Il a raison vraiment, ce n'est pas trop honnête.
(*Haut.*)
Vous me pardonnerez, j'étais un peu distraite.

DERMON.

Pourquoi vous excuser? point de ménagement;
Faites-vous un plaisir d'augmenter mon tourment,
Devenez chaque jour plus cruelle et plus dure,
Sans doute pour calmer les peines que j'endure
Il suffirait d'un mot qui me serait bien doux,
D'un mot que je demande en tremblant à genoux,
D'un *je vous aime*, enfin.

EUGÉNIE.

Relevez-vous de grâce.

DERMON.

Mon importunité vous fatigue et vous lasse.

EUGÉNIE.

Monsieur....

DERMON.

Finissons-en, terminons ces débats;
Dites-moi seulement que vous ne m'aimez pas.
Mais vous n'en direz rien. Bah! vouloir qu'une femme
Vous fasse clairement lire au fond de son ame,
Exiger qu'elle soit simple dans ses discours,
Naïve en ses aveux, franche dans ses amours,
C'est vouloir, remontant au bon tems de nos pères,
Faire rétrograder, comme on dit, les lumières.
Le monde où nous vivons est trop civilisé,
Il faut pour être heureux surtout être rusé,
Savoir au sentiment substituer l'adresse,
Et faire assaut d'esprit et non pas de tendresse.

EUGÉNIE.

En aucun genre ici, je ne prétends lutter,
Et ne veux pas surtout avec vous discuter.
Rarement, selon vous, une femme est sincère,
Bien peu savent aimer, toutes cherchent à plaire;
Mais ma tante m'a dit aussi plus d'une fois
Que le monde était plein de séducteurs adroits,
Qui, prenant de l'amour le masque et le langage,
Se font de nous tromper un cruel badinage.

DERMON.

Ah! c'est en vérité me faire trop d'honneur.
Je suis donc à vos yeux un adroit séducteur?

EUGÉNIE.

Eh non, monsieur, c'est moi qui suis fausse et rusée,
Qui pour vous plaire enfin suis trop civilisée,
C'est un malheur, qu'y faire? il faut s'en consoler.

DERMON, *à part.*

Si l'on m'aimait, ainsi pourrait-on me parler?
Allons, éloignons-nous.

EUGÉNIE, *à part.*

(*Haut.*) Comment donc, il me quitte!
Je veux vous épargner l'embarras de la fuite.

DERMON.

Eugénie, écoutez...

EUGÉNIE

Adieu, Monsieur Dermon.

DERMON.

Un seul moment encor, de grâce!

EUGÉNIE.

Monsieur, non.

DERMON, *à part.*

Cette femme jamais n'aura le cœur sensible.

EUGÉNIE, *à part.*

Allons, j'en désespère, il est incorrigible.

(*Elle sort.*)

SCÈNE IV.

Mad. SAINT-GÉRAN, DERMON, SAINVAL.

SAINVAL.

Te voilà, colonel?

DERMON.

Sans doute ; laisse-moi,
Je n'ai de plaisanter guères sujet ma foi ;

SAINVAL.

Toujours fâché ?

DERMON, *à Mad. St.-Géran.*

Madame, une affaire importante
Loin de ces lieux m'appèle, il faut que je m'absente.

Mad. SAINT-GÉRAN.

Déjà ?

DERMON.

Mille pardons, je viendrai tout exprès
Plus tard vous exprimer ma peine et mes regrêts ;
Adieu, madame. (*Il sort.*)

Mad. SAINT-GÉRAN.

Adieu, Monsieur.
(*A Sainval.*) Que signifie
Ce grand air de réserve et de cérémonie ?
Etes-vous mal ensemble ?

SCÈNE V.

Mad. SAINT-GERAN, SAINVAL.

SAINVAL.

Eh ! je ne sais pourquoi
Il semble m'en vouloir.

Mad. SAINT-GÉRAN.

A vous ?

SAINVAL.

Sans doute, à moi.

MAD. SAINT-GÉRAN.

Quel est donc le sujet ?

SAINVAL.

C'est une bagatelle ;
Mais à propos de rien il me cherche querelle.

MAD. SAINT-GÉRAN.

Deux amis !

SAINVAL.

Hier soir, encore un mot de plus
A des extrémités nous en serions venus.

MAD. SAINT-GÉRAN.

Epousez donc quelqu'un dont la folle manie
Sans cesse pour un mot exposera sa vie.

SAINVAL.

Voilà de vos raisons ! je l'aurais parié,
Mais on ne se bat plus quand on est marié !
Il est un moyen sûr de rendre un homme sage ;
On n'a, vous le savez, qu'à le mettre en ménage.

MAD. SAINT-GÉRAN.

Vous plaisantez, je crois, où donc prendriez-vous
Les qualités que doit posséder un époux ?
Vous pensez qu'il suffit d'être galant, aimable ;
Mais le point principal, c'est d'être raisonnable ;
Et vous si bien reçu dans Paris, à la cour,
Vous l'un des ornemens de nos cercles du jour,
Abandonnerez-vous ce brillant avantage
Pour le plaisir obscur d'être heureux en ménage ?

SAINVAL.

Jusqu'ici, j'en conviens, j'ai fait un peu de tout.
Le monde, les plaisirs étaient fort de mon goût.
Aujourd'hui si je joue, et surtout si je danse,
Je peux vous l'assurer, c'est pure complaisance ;

Il faut se rendre utile à la société.
Dans l'esprit je conserve encore quelque gaîté.
Cela m'empêche-t-il de raisonner, Madame ?
De songer quelquefois dans le fond de mon âme,
Au sort d'un vieux garçon ?.... J'ai déjà quarante ans.

MAD. SAINT-GÉRAN.

Avez-vous pour cela, mon cher, plus de bon sens ?

SAINVAL.

De grâce, finissez, c'est me faire un outrage :
Qui, moi ! je n'aurais pas de bon sens.... à mon âge!

MAD. SAINT-GÉRAN.

Pauvres humains, le sort ainsi nous a traités;
Le chagrin, la douleur et les infirmités
Ne viennent que trop tôt nous surprendre; au contraire,
La raison semble exprès arriver la dernière.

SAINVAL.

Allons, je suis un fou, puisque cela vous plaît;
Vous me faites cadeau de ce joli brevet:
Le monde heureusement me rend plus de justice,
La cour me voit d'un œil, Dieu merci, plus propice.
Sachez donc, puisqu'il faut faire ici de l'éclat,
Que je suis... vous riez... un grave magistrat.

MAD. SAINT-GÉRAN.

Un magistrat, vous?

SAINVAL.

Moi.

MAD. SAINT-GÉRAN.

Bref, qu'est-ce que vous êtes?

SAINVAL.

Madame, vous voyez un maître des requêtes,
Nommé depuis hier.

Mad. SAINT-GÉRAN.

Quoi ! vraiment?

SAINVAL.

Tout de bon.

Mad. SAINT-GÉRAN.

Monsieur le magistrat, excusez-moi, pardon.

SAINVAL.

On me croit, vous voyez, du bon sens dans le monde.
Oui, je veux terminer ma course vagabonde.
De conduite, aujourd'hui, je me suis fait un plan ;
J'aurai, quand je devrais rencontrer un tyran,
Quelqu'un qui me commande et règne sur mon ame.
Vous m'entendez, je crois, je veux prendre une femme.

Mad. SAINT-GÉRAN.

Et vous me choisissez pour cet aimable emploi ?

SAINVAL.

Je desire en effet vivre sous votre loi.
Depuis près de dix ans, libre ou dans l'esclavage,
Je vous ai constamment adressé mon hommage ;
J'ai l'humeur enjouée, hélas ! de ce défaut,
L'hymen, vous le savez, nous corrige trop tôt.
Par fois vous êtes triste, ainsi donc quitte à quitte :
Allons, marions-nous, madame, tout de suite.
N'est-ce pas, je vais tout préparer...

Mad. SAINT-GÉRAN.

Doucement.
Vous vous passerez donc de mon consentement ?

SAINVAL.

A moins qu'à mes desirs votre cœur ne s'oppose.

Mad. SAINT-GÉRAN.

Mais non, je vous estime.

SAINVAL.

Ah! ah! c'est quelque chose.

MAD. SAINT-GÉRAN.

Et bien plus, je vous aime.

SAINVAL.

Epargnez-vous ces soins,
Aimez-moi davantage et me le dites moins.
Paroles ne sont rien : la véritable estime
Par des actes s'annonce et par des faits s'exprime.
Voulez-vous m'épouser?

MAD. SAINT-GÉRAN.

Je veux y réfléchir.

SAINVAL.

Réfléchissez, c'est bien, et moi je vais mourir...
Non, je n'en mourrai pas : mais prenez-y bien garde
Je vous en avertis, à tout je me hasarde,
Quand je veux quelque chose, on a beau dire non;
Je serai votre époux, ou j'y perdrai mon nom.

MAD. SAINT-GÉRAN.

Nous verrons : mais pardon, l'interêt d'Eugénie
M'appelle en d'autres lieux...

SAINVAL.

Vous quittez la partie
Vous cédez le terrain!

MAD. SAINT-GÉRAN.

Il le faut bien vraiment.
Adieu... nous nous verrons dans un autre moment.

(Elle sort.)

SCENE VI.

SAINVAL, *seul.*

Eh quoi ! nous résister d'une telle manière,
Deux femmes ! Je soupçonne ici quelque mystère.
Chez la tante, je vois venir chaque matin
Un avocat, que sais-je? un procureur ; enfin
Un homme du métier, de ces gens qu'à leur mine
Sans les avoir connus dès l'abord on devine ;
Je veux aller le voir, pas plus tard qu'aujourd'hui,
En le questionnant je saurai tout de lui :
Mais j'apperçois Dermon. Celui-là me ressemble,
Malheureux, nous allons nous consoler ensemble !

SCÈNE VII.

SAINVAL, DERMON.

DERMON.

Enfin te voilà seul !

SAINVAL.

Tu vois, mon cher ami,
Un homme au désespoir.

DERMON.

Tant mieux, j'en suis ravi.

SAINVAL.

Je te rends grâce !

DERMON.

Ecoute : il faut être sincère :
Ta gaîté me mettait aussi trop en colère ;

Quand on est malheureux, rien ne vous déplaît tant
Qu'un visage toujours et serein et content.

SAINVAL.

A présent, avec toi je saurai me conduire,
Il me faudra pleurer si je veux te voir rire.

DERMON.

Cesse donc ces propos, parle sans vanité :
En amour, comme moi, serais-tu maltraité?

SAINVAL.

Maltraité! dis plutôt que je suis au martyre !
A mon projet d'hymen on ne veut pas souscrire;
On m'estime, dit-on, et l'on m'aime.

DERMON.

Vraiment
On t'a dit : je vous aime, et tu n'es pas content!
Que les hommes sont fous! on t'a dit: je vous aime!

SAINVAL.

Que veux-tu, mon ami, chacun a son système.
Des paroles qu'on donne, ou qu'on reçoit, souvent
Autant, dit le proverbe, en emporte le vent.

DERMON.

Aurions-nous rencontré, le fait est-il possible,
Tous deux également une femme insensible ?

SAINVAL.

Madame Saint-Géran! elle ne m'aime pas.
De l'offre de ma main a-t-elle fait nul cas?
Bah! lorsque j'ai parlé d'expirer à sa vue,
Elle n'avait pas l'air seulement d'être émue.

DERMON.

Mes succès ne sont pas certes plus éclatans,
Quand je parle d'amour, on parle de beau tems!

SAINVAL.

Cruelle destinée !

DERMON.

Affreuse inquiétude !
Resterons-nous long-tems dans cette incertitude ?

SAINVAL.

J'ai trouvé, tu le sais, le moyen d'en sortir.
Les femmes, à leur cœur même savent mentir.
Tel se croit malheureux, que l'on aime peut-être,
Tel autre est détesté, qui pense ne pas l'être.
Le secret d'une femme ! il est si bien caché,
Qu'il ne s'échappe pas, il veut être arraché.
Tiens, c'est dans un moment de péril, de détresse,
Qu'on connaît si l'on est aimé de sa maîtresse.
De nos amantes, nous, voulons nous donc juger ?
Faisons craindre pour nous un imminent danger.
Le sentiment échoue, employons l'artifice.
J'ai préparé la tante et l'instant est propice ;
Nous sommes divisés par un débat cruel...

DERMON.

C'est cela, faisons craindre entre nous un duel,
Voilà le seul moyen.

SAINVAL.

La ruse est excellente ;
Alors, en ma faveur, tu parles à la tante ;
Moi, je vais préparer la nièce et j'en réponds.
J'aurai d'elle l'aveu....

DERMON.

La voici.

SAINVAL.

Commençons.

SCÈNE VIII.

SAINVAL, DERMON, EUGÉNIE, *écoutant.*

SAINVAL.

Ah! monsieur, c'en est trop.

EUGÉNIE, *à part.*

Gardons-nous d'être vue.

DERMON, *bas à Sainval.*

Elle écoute.

SAINVAL, *de même.*

Tant mieux. (*haut*) La chose est convenue
Quand vous voudrez, monsieur!

DERMON, *à haute voix.*

De grâce, parlez bas,
Que ces dames au moins ne nous entendent pas.

EUGÉNIE, *à part.*

Approchons.

SAINVAL.

Colonel, vous avez votre épée.

DERMON.

Oui, monsieur, je suis prêt.

EUGÉNIE, *à part.*

Me serais-je trompée?

DERMON.

A quatre pas d'ici, monsieur, dans un instant
Nous pouvons mettre fin à notre différend.
Sortons.

SAINVAL.

Je suis à vous.

EUGÉNIE *à Dermon.*

Demeurez, je vous prie.

SAINVAL.

Ciel !

EUGÉNIE.

Je sais tout.

DERMON.

C'était une plaisanterie.

EUGÉNIE.

On ne me trompe point ; vous ne plaisantiez pas,
Je l'ai bien entendu ; *monsieur, à quatre pas* ;
Mais nous verrons.

DERMON, *bas à Sainval.*

Je vais m'assurer de la tante.

EUGÉNIE.

Oui c'est bon, c'est bon.

DERMON, *bas à Sainval.*

Songe à remplir mon attente.

EUGÉNIE.

Attendez-le, sortez, allez, je vous entends :
Mais je m'attache à lui, vous l'attendrez long-tems.

(*Dermon sort.*)

SCENE IX.

EUGÉNIE, SAINVAL.

SAINVAL.

J'ai tout fait pour ne pas vous déplaire, Eugénie.

EUGÉNIE.

Ah ! monsieur, je le sens, et vous en remercie.

SAINVAL.

Cependant, permettez...

EUGÉNIE.

Vous avez trop bon cœur
Pour vouloir m'affliger.

SAINVAL.

Songez à mon honneur.

EUGÉNIE.

L'honneur vrai, d'un duel, quelle que soit la cause,
A tuer son ami ne veut pas qu'on s'expose.

SAINVAL.

Mon ami, lui, Dermon! vous plaisantez, je crois.
Comme un frère, il est vrai, je l'aimais autrefois;
Mais aujourd'hui...

EUGÉNIE.

Qu'a-t-il?

SAINVAL.

Et le sait-il lui-même?

EUGÉNIE.

Que vous dit-il enfin?

SAINVAL.

Il dit que je vous aime,
Que vous m'aimez aussi.

EUGÉNIE.

Quelle horreur! dans ce cas
Vous le savez, monsieur, je ne vous aime pas,
Et l'on peut le lui dire.

SAINVAL.

Ah! vous êtes trop bonne.

EUGÉNIE.

Mille pardons, Sainval.

SAINVAL.

Oui, oui, je vous pardonne.
Vous ne m'aimez donc pas, le fait est trop réel;
Mais aimez-vous Dermon? voilà l'essentiel!

EUGÉNIE.

Quel embarras!

SAINVAL.

Le mien est aussi grand, je pense:
Allons, je vais sortir.

EUGÉNIE.

Un peu de patience.

SAINVAL.

Au fait, moi je préfère, après tout, l'éclairer,
Que d'aller avec lui sans but me mesurer.
Vous estimez Dermon?

EUGÉNIE.

C'est vrai, je le confesse.

SAINVAL.

Et même vous avez pour lui de la tendresse?

EUGÉNIE.

Monsieur.....

SAINVAL.

Oui, vous l'aimez, convenez de ce fait.
Il a quelques défauts.... quel est l'homme parfait?
Tel est avantageux, celui-ci ridicule,
Cet autre est sot ou fat; Dermon est incrédule.
De quoi s'agit-il donc? de rassurer un peu
Un amant délicat, modeste et plein de feu:
Oui! d'une même main que vous allez nous tendre
Rapprochez deux amis qui ne pouvaient s'entendre.

EUGÉNIE.

C'est-à-dire, Monsieur, qu'il faudrait à Dermon
Avouer clairement que je l'aime.

SAINVAL.

Non, non.
Ne lui dites pas; mais vous pouvez écrire.

EUGÉNIE.

Ma foi, j'aimerais mieux encore le lui dire.

SAINVAL.

Gardez ou divulguez d'ailleurs votre secret,
A vous le voir trahir je n'ai nul intérêt;
Mais adieu, je vous quitte.

EUGÉNIE.

Affreuse alternative.

SAINVAL.

Ecrivez ou je pars...

EUGÉNIE.

Que faut-il que j'écrive ?

SAINVAL.

Que vous dire ? mettez un petit mot, un rien:
Les femmes, on le sait, écrivent toujours bien,
Elles ont dans cet art surpassé nos modèles;
Qui tourne un compliment plus adroitement qu'elles ?
Sous leur plume, tout prend un nouvel intérêt,
D'un seul mot elles vont vous tracer un portrait,
Soit que du ridicule elles empruntent l'arme,
Ou d'un sentiment doux qu'elles peignent le charme,
Leur style est élégant, sans être trop soigné:
Les grâces conduisaient la main de Sévigné.

EUGÉNIE.

Mais Sévigné, Monsieur, n'écrivait qu'à sa fille.

SAINVAL.

Précisément, Dermon est de votre famille.
Il est votre cousin.

EUGÉNIE.

Jamais je n'oserai.

SAINVAL.

Eh bien prenez la plume et moi je dicterai,
Ah!

EUGÉNIE.

Volontiers; songez que je signe la lettre,
Et n'allez pas du moins par trop me compromettre.

SAINVAL.

Vous fiez-vous à moi?

EUGÉNIE.

Je crois que je le puis.

SAINVAL.

Êtes-vous prête? allons, je commence.

EUGÉNIE.

J'y suis.

SAINVAL, *dictant.*

Mon cher Dermon, votre dispute avec Sainval m'a
» vivement inquiétée.

EUGÉNIE.

Oh! c'est vrai!

SAINVAL, *continuant de dicter.*

» Et si vous avez quelque tendresse pour moi, je vous conjure de vous racommoder à l'instant...

EUGÉNIE.

Jusqu'ici, c'est fort bien.

SAINVAL, *dictant.*

» A l'instant! soyez donc moins ingénieux à vous tourmen-
» ter, et plus adroit à lire dans mon âme. »

EUGÉNIE.

Dans mon ame!
Ah! voilà qui va mal!

SAINVAL, *dictant.*

» Plus de chagrins en amour, plus de querelle en amitié.
» Conservez-vous toujours pour la tendre Eugénie. »

EUGÉNIE.

Pour le coup, je réclame
Contre l'expression. Le mot tendre est trop fort,
Et je vais l'effacer.

SAINVAL.

Non; vous aurez grand tort;
Eh bien, légèrement.

EUGÉNIE.

Quoi! que voulez-vous dire?

SAINVAL.

Effacez à demi, pour qu'il puisse le lire.
(*Prenant la lettre.*)
Je vais la lui porter.

EUGÉNIE.

J'ai peut-être mal fait:
Mais l'incrédule au moins sera-t-il satisfait?

SAINVAL.

(*à part.*)
Pour mon ami Dermon vraiment j'ai fait merveille.
Voyons s'il aura sû me rendre la pareille.

EUGÉNIE.

C'est donc fini?

SAINVAL.

Soyez tranquille sur ce point,
Quoi qu'il puisse arriver, nous ne nous battrons point.

EUGÉNIE.

Vous me le promettez ?

SAINVAL.

Oui, oui, je vous le jure.

(*Il sort.*)

SCÈNE X.

EUGÉNIE *seule.*

Il a l'air satisfait, voilà qui me rassure.
Sans doute ce billet me compromet un peu;
Mais il ne contient pas tout-à-fait un aveu,
Et j'ai, grâce à Sainval, et contre mon attente,
Satisfait mon amant sans déplaire à ma tante.
C'est elle.

SCENE XI.

Madame SAINT-GÉRAN, EUGÉNIE.

Mad. SAINT-GÉRAN.

En y songeant encore je frémis.
Aller se battre ensemble et pourquoi ? deux amis !

EUGÉNIE.

Quoi, Dermon et Sainval !

Mad. SAINT-GÉRAN.

Tu sais leur aventure ?

EUGÉNIE.

Ils ne se battront pas, ma tante, je te jure.

Mad. SAINT-GÉRAN.

D'y revenir, je crois qu'ils ne sont pas tentés,
Et des duels au moins les voilà dégoûtés ;

Quant à Sainval surtout, il est blessé, ma chère.

EUGÉNIE.

Sainval, blessé ! comment cela peut-il se faire ?
Il me quitte à l'instant, et se porte fort bien.

MAD. SAINT-GÉRAN.

Mais que me dis-tu là ?

EUGÉNIE.

Je dis qu'il n'en est rien.

MAD. SAINT-GÉRAN.

Quoi ! Sainval à la main n'a pas une blessure ?

EUGÉNIE.

Je te dis qu'il n'a pas même une égratignure.

MAD. SAINT-GÉRAN.

Dermon m'a donc trompée ?

EUGÉNIE.

Ah ! je vois ce que c'est ;
Il t'aura demandé pour Sainval un billet...

MAD. SAINT-GÉRAN.

Sans doute ; et d'un côté rassurant ma tendresse,
De l'autre il m'allarmait avec assez d'adresse,
Ce n'est rien, disait-il, mais il serait prudent
D'épargner au blessé le plus léger tourment :
Notre âme sur le corps exerce tant d'empire,
Que suivant les docteurs, lorsqu'un double délire
Et de fièvre et d'amour tient un jeune homme au lit,
Il faut d'abord songer à guérir son esprit.
Du moral, ô sublime et secrète influence !
Faites prendre au malade, un seul grain d'espérance,
Le mal d'amour s'appaise, et par enchantement
La fièvre disparaît dans le même moment ;

Ainsi parlait Dermon : que n'as-tu pu l'entendre !
Non, jamais l'amitié ne se montra plus tendre;
Pauvre Sainval, j'allais disposer de son sort,
Je tenais dans mes mains, ou sa mort, ou sa vie;
Car l'unique remède en ce cas de détresse,
De mariage était une bonne promesse,
Que de me voir signer, on était fort pressé,
Et qu'on voulait de suite, apporter au blessé.

EUGÉNIE.

Je comprends; et Dermon, dans son manège habile...

MAD. SAINT-GÉRAN.

N'a rempli, mon enfant, qu'un message inutile.

EUGÉNIE.

Quoi ! tu l'as refusé ?

MAD. SAINT-GÉRAN.

Quant à ma main, du moins.
Pour Sainval, cependant j'avais promis mes soins.

EUGÉNIE.

Il s'en passera bien. Que n'ai-je eu ta prudence !
Tous deux pour nous tromper étaient d'intelligence,
Et quand de t'allarmer l'un se faisait un jeu,
L'autre pour son ami m'arrachait un aveu.

MAD. SAINT-GÉRAN.

Un aveu; juste ciel ! dans ce moment, ma chère ?

EUGÉNIE.

Ma tante qu'as-tu donc ?

MAD. SAINT-GÉRAN.

Je crains pour cette affaire
D'où dépend notre sort : aujourd'hui sans appel,
Va se juger enfin, ce procès éternel,

Je tremble... il est midi, je cours à l'audience,
Dermon va revenir, et pendant mon absence,
Il te tourmentera : d'ici je crois le voir,
Te peindre en traits de feu, son tendre désespoir,
Sa douleur t'attendrit, sa prière te touche;
Ce n'est rien qu'un billet, il voudra de ta bouche
Entendre confirmer l'arrêt de son bonheur!
Prens garde, mon enfant, il y va de l'honneur.
De ces Messieurs tu vois à présent la finesse;
Il faut à notre tour, user d'un peu d'adresse,
Tâchons dans leurs filets, de les envelopper;
Trompons ceux, en un mot, qui voulaient nous tromper.
Quant à monsieur Sainval, moi, j'en fais mon affaire.

EUGÉNIE.

Je recevrai Dermon de la bonne manière.

MAD. SAINT-GÉRAN.

(*à part.*)

Elle n'en fera rien : mais par certain billet
A propos je saurai retenir son secret :
L'idée est excellente. (*Haut.*) Adieu, bonne petite,
Si je ne pouvais pas revenir tout de suite,
Heureux ou malheureux, t'apprendre notre sort,
Notre arrêt prononcé, je t'écrirai d'abord.
Du courage.

SCÈNE XII.

EUGÉNIE, seule.

J'en ai, j'en montrerai, j'espère.
Que m'importe à présent l'aisance ou la misère.
Pour qui tenais-je tant à gagner mon procès?
Ce n'est que pour Dermon, à lui seul je pensais.

Si j'attachai jamais du prix à la richesse,
C'est pour être plus digne un jour de sa tendresse;
Je le croyais alors et sincère et discret,
Il ne surprendra pas, disais-je, mon secret;
Au contraire, employant envers moi l'artifice,
Des ruses de Sainval il était le complice.
Qu'il me dise à présent que je le fais souffrir;
D'un œil indifférent je le verrais mourir!
Mais le voici, tant mieux, vîte il faut le surprendre.

SCENE XIII.

EUGÉNIE, DERMON.

EUGÉNIE.

Ah! vous voilà, monsieur; daignez d'abord m'entendre,
Et vous me taxerez après de fausseté,
Peu m'importe, je parle avec sincérité,
Permettez donc qu'ici franchement je m'accuse
De vous avoir tantôt rendu ruse pour ruse;
Certain billet par vous pourrait m'être imputé,
Ma plume le traça, mais Sainval l'a dicté,
Et je veux qu'à lui seul tout l'honneur en revienne.

DERMON.

Pour le désavouer, prenez donc moins de peine;
Qu'a-t-il de si flatteur qu'il faille renier?
Je ne viens pas au moins vous en remercier.

EUGÉNIE.

Moi, qui par ce billet me croyais compromise.

DERMON.

Souffrez qu'en peu de mots j'en fasse l'analyse.
Le stile en est adroit, et tourné de façon
Qu'ayant l'air de tout dire on ne dit rien au fond.

On frémit en songeant à nous voir battre ensemble;
Mais est-ce pour Dermon ou pour Sainval qu'on tremble?
Cela n'est pas trop clair.

EUGÉNIE.

Quelle incrédulité!

DERMON.

Dans le cours du billet même ambiguité;
Mais à la fin surtout, quelle mauvaise grace!
Le mot tendre était bien, c'est vrai; mais on l'efface!
Je me suis déchaîné contre ce billet doux;
Pardon, je savais bien qu'il n'était pas de vous.

EUGÉNIE.

Mais je l'avais signé; mon nom, je le présume,
Aurait dû de vos traits adoucir l'amertume.

DERMON.

Au reste, j'ai voulu savoir votre secret,
Je fus impatient et non pas indiscret.
De votre amour eussé-je obtenu ce doux gage,
Je n'en aurais jamais fait un mauvais usage:
Etat, fortune, espoir, pour vous j'ai tout perdu.
Eh! qu'importe à mon cœur de tendresse éperdu?
Je voulais seulement dans mon malheur extêrme,
Pouvoir me consoler en disant: elle m'aime.

EUGÉNIE.

Vous avez tout perdu, dites-vous, et pour moi!
Vous me trompez encor?

DERMON.

Vous doutez de ma foi.
Mais voyez ce brevêt.

EUGÉNIE.

Non, non, c'est inutile.

DERMON.

De mon oncle, d'ailleurs, vous connaissez le style.
Cette lettre... lisez, lisez-la, s'il vous plaît.

EUGÉNIE.

Non : parlez franchement, expliquez-vous; au fait.

DERMON.

Le ministre, qui fut jadis mon camarade,
De maréchal de camp m'avait offert le grade.
Pour jouir, il est vrai, de mon avancement,
Il me fallait quitter Paris, mon régiment,
Le dirai-je? il fallait vous quitter, Eugénie.
Je n'ai pas accepté.

EUGÉNIE.

Pour moi? quelle folie!

DERMON.

Je n'ai montré du moins aucune ambition,
L'amour fut jusqu'ici ma seule passion;
Et se conduire ainsi n'est pas chose commune.
De mon oncle, il est vrai, j'attendais la fortune.
J'étais de ses parens le plus cher à son cœur,
Il m'avait dit vingt fois, je songe à ton bonheur.
Le bonhomme, en effet, au sein de la campagne,
N'avait-il pas choisi lui-même ma compagne?

EUGÉNIE.

Il avait pris ce soin sans en être prié?

DERMON.

Oui; sans me consulter, il m'avait marié.
Bref, son choix était fait; il m'appèle, il m'implore.
Je demande un délai, puis un nouvel encore;
Je refuse à la fin; mon oncle est irrité,
Il va mourir, et moi je suis deshérité;

Je l'apprends aujourd'hui, c'est la vérité même.
Pouvez--vous à présent douter que je vous aime ?

EUGÉNIE.

Non, je n'en doute plus.

DERMON.

Eh bien! mon tendre amour
Obtiendra-t-il de vous, enfin, quelque retour.

EUGÉNIE.

Qu'exigez-vous, Dermon?

DERMON.

Ah! que du moins j'apprenne
Si votre cœur enfin est sensible à ma peine;
Si c'est un sacrifice, il est bien mérité.

EUGÉNIE.

J'hésite, hélas!

DERMON.

Et moi, je n'ai pas hésité.

EUGÉNIE.

N'avons-nous pas tous deux quelqu'un qui nous tourmente ;
Vous, c'est monsieur votre oncle, et moi...

DERMON.

Qui? votre tante.
Voyez ; nous sommes seuls; elle n'en saura rien.

EUGÉNIE.

Non, mais je le saurai; d'ailleurs pourrais-je bien,
Après un tel aveu, compter sur votre estime?

DERMON.

Moi, changer! pouvez-vous soupçonner un tel crime?
Jamais.

EUGÉNIE.

Jamais, eh bien!

DERMON.

Oh bonheur! oh plaisir!

EUGÉNIE.

On approche...

SCENE XIV.

EUGENIE, DERMON, un Valet.

LE VALET *remet une lettre à Eugénie.*

EUGÉNIE.

Un billet!

DERMON.

D'où peut-il vous venir?

EUGÉNIE.

Permettez-vous? je crois connaître l'écriture.
(*A part.*)
De ma tante, en effet, voici la signature,
Lisons.

(*Elle lit à voix basse.*)

« Je n'ai jamais osé, ma chère amie, t'annoncer de vive
« voix une nouvelle trop fatale : ton procès est perdu. »

(*Haut.*)

... Dermon!

DERMON.

Eh bien!

EUGÉNIE.

Que vais-je dire? hélas!
Dermon, ah, mon ami! je ne vous aime pas.

DERMON.

Cruelle! est-il bien vrai? voilà donc ma sentence;
Voilà de mon amour quelle est la récompense!

EUGÉNIE.

Dieux!

DERMON.

Je vois : c'est l'effet de ce billet fatal ;
Mon arrêt fut dicté par quelque heureux rival;
Et je devrais... non, non, ma souffrance est affreuse;
Mais point d'éclat, montrons une ame énéreuse.
Recevez mes adieux, vous avez pu changer;
En vous aimant toujours, je prétends me venger.

EUGÉNIE.

Ecoutez-moi...

DERMON.

L'on vient : le bruit redouble ;
Cachons à tous les yeux, et ma honte et mon trouble.

SCENE XV.

EUGENIE, SAINVAL, Madame SAINT-GÉRAN, DERMON.

SAINVAL, *à Dermon.*

Ah! mon ami... Dermon... ces Dames...

DERMON.

Que dis-tu?

EUGÉNIE, *se jetant dans les bras de sa tante.*

Ma tante !..

Mad. SAINT-GÉRAN.

Chère enfant !

SAINVAL, *à Dermon.*

Elles ont tout perdu;
D'un procès malheureux, effet inévitable,
Elles auront du moins un ami véritable.
Le sort les persécute, il ne leur reste rien,
Elles ont à l'honneur sacrifié leur bien;

Mais je déclare ici, que toute ma fortune,
Ne m'appartient plus seul, et leur devient commune;
Que pour elles, s'il faut, je veux me ruiner;
Que je prétends user du droit de leur donner,
Et que nul autre enfin, ne leur rendra service,
Je t'excepte Dermon, et c'est une justice.

mad. SAINT-GÉRAN.

L'aspect de mon malheur n'a donc pu le changer.

DERMON.

Trop heureux, mon ami, tu peux les obliger,
Mais la fortune, hélas! l'amour... tout m'est contraire;
Et l'offre de mon cœur ne pourrait que déplaire...
Adieu.
(*Il s'éloigne pas à pas, en tournant sans cesse les yeux vers Eugénie.*)

mad. SAINT-GÉRAN, *à part.*

C'en est assez; cédons à leur desir!
(*Haut*)
Heureux qui, comme moi, se forgeant à plaisir,
Ou des revers fâcheux, ou des peines cruelles,
Eprouve ses amis, et les trouve fidèles!

SAINVAL.

Qu'est-ce à dire?

mad. SAINT-GÉRAN.

Sainval, je vous donne ma main.
(*à sa nièce*)
Et toi, de ton procès, je t'annonce le gain,
Il est gagné, ma nièce.

EUGÉNIE.

Ah! quel bonheur extrême!
(*D'une voix animée, et courant après Dermon.*)
J'ai gagné mon procès... Eh! Dermon, je vous aime.

DERMON.

Ah ! répétez encor ; n'est-ce pas une erreur ?

EUGÉNIE.

Oui, Dermon, je vous aime, et le dis de bon cœur.

DERMON, *à Mad. Saint-Géran.*

Madame, mes malheurs égalent ma tendresse ;
Mais m'accorderez-vous la main de votre nièce.

MAD. SAINT-GÉRAN.

Oui, j'y consens, Dermon, devenez son époux.

DERMON.

Et mon ami Sainval...

MAD. SAINT-GÉRAN.

Est chéri comme vous.
Que ces aveux, Messieurs, n'éteignent pas vos flammes,
Vous savez à présent le secret de nos ames.

EUGÉNIE.

Puissiez-vous nous aimer, c'est là tout notre espoir,
Comme vous nous aimiez avant de le savoir.

FIN.

EXTRAIT DU CATALOGUE DES LIVRES

DE LA LIBRAIRIE FRANÇAISE DE LADVOCAT,

PALAIS-ROYAL, GALERIE DE BOIS, n° 195.

ROMANS POÉTIQUES DE WALTER SCOTT.

LES ROMANS POÉTIQUES DE WALTER SCOTT forment 8 vol. in-12, divisés en quatre livraisons, qui paraîtront de mois en mois. La première livraison, composée de ROKEBY et HAROLD, et la 2e. de MARMION, sont en vente. La 3e. paraîtra d'ici à quelques jours.

Le succès que vient d'obtenir la traduction complette des ŒUVRES DE LORD BYRON, m'a engagé de charger de cette traduction le littérateur distingué qui nous a fait connaître les œuvres de ce poëte original.

Le prix de chaque livraison, pour les souscripteurs, sera de 5 fr., et 6 fr. pour les non-souscripteurs. On souscrit chez Ladvocat, libraire, au Palais-Royal.

Une souscription est aussi ouverte chez le même libraire pour les romans historiques de WALTER SCOTT. La première livraison, composée des PURITAINS D'ÉCOSSE et du NAIN MYSTÉRIEUX; la seconde de ROBBLEROY; la 3e de WAVERLEY, et la 4e. de l'ABBÉ, sont aussi en vente.

Prix de la livraison, 10 fr. pour les souscripteurs.

ŒUVRES COMPLÈTES DE LORD BYRON, traduites de l'anglais par A.-E. DE CHASTOPALLI; seconde édition, revue, corrigée et augmentée de plusieurs poëmes. 3 vol. in-8. Prix, 18 fr., et 24 fr. par la poste.

Cette édition, qui est imprimée sur beau papier, est divisée ainsi qu'il suit : le tome premier est orné d'un portrait du noble lord, très-ressemblant, et précédé d'une notice biographique beaucoup plus détaillée que celle de l'édition in-12; il est composé du CORSAIRE, LARA, PARISINA, ADIEU, OSCAR, D'ALVA-MAZEPPA. Le tome second, CHILDE-HAROLD (les quatre chants et les notes). Le tome troisième, MANFRED, la VIERGE D'ABYDOS, le PRISONNIER DE CHILLON, DON JUAN, les SATIRES, BEPPO, LAMENTATIONS DU TASSE, ODES A NAPOLÉON, à LA LÉGION D'HONNEUR, et Poésies diverses.

Le succès brillant de la première édition, qui avait été faite sans luxe typographique, fait présager que cette nouvelle édition sera accueillie avec empressement par les amateurs des poésies romantiques. Tous les journaux sont d'accord sur le mérite des ouvrages de lord Byron.

ROMANS NOUVEAUX.

LES SÉDUCTIONS, par Madame L. G. D. 4 vol. in-12. Prix, 10 fr., et 12 fr. par la poste.

PÉTRARQUE ET LAURE, roman historique, par madame la comtesse de Genlis, 2 vol. in-12. Prix, 5 fr., et 6 fr. par la poste; deuxième édition.

THERÈSE AUBERT, par M. Charles Nodier, auteur de *Jean Sbogar*. 1 vol. in-12. Prix, 2 fr. 50 c., et 3 fr. par la poste. Ce roman, qui est à sa deuxième édition, se fait remarquer par la chaleur du style et par son originalité.

JEAN SBOGAR, par le même auteur. 1 vol. in-12, Prix, 5 fr., et 6 fr. par la poste.

STELLA, ou LES PROSCRITS, par le même auteur. 2 vol. in-12. Prix, 5 fr., et 6 fr. par la poste.

ADELLE, par le même auteur, 1 vol. in-12. Prix, 3 fr., et 3 fr. 50 c. par la poste.

LORD RUTWEN, ou LES VAMPIRES, par le même auteur, deuxième édition, augmentée de notes extrêmement curieuses sur le vampirisme. 2 vol. in-12. Prix, 3 fr., et 6 fr. par la poste.

VIE DE MARIE STUART, reine de France et d'Ecosse, par F. Gentz; traduite de l'allemand par Damaze de Raymond. Deuxième édition, revue et corrigée, ornée de cinq gravures. 1 vol. in-12. Prix, 4 fr., et 4 fr. 50 c. par la poste.

Cet ouvrage se recommande par l'intérêt historique qui y règne. Les matériaux ont été puisés dans les mémoires des auteurs, tous contemporains de MARIE STUART.

REFLEXIONS SUR L'ART DE LA COMÉDIE, par M. Alexandre Duval, membre de l'Institut (Académie française.) In-8. Prix, 1 fr., et 1 fr. 25 c. par la poste.

LES PARVENUS, ou les Aventures de Julien Delmours, écrites par lui-même, et publiées par madame la comtesse de Genlis, 3 forts volumes in-12. Troisième édition. Prix, 10 fr., et 12 fr. par la poste.

Les deux premières éditions de cet ouvrage, qui ont été épuisées en deux mois, nous dispensent de faire l'éloge de ce nouveau roman.

DE L'ESPRIT PUBLIC, ou DE LA TOUTE-PUISSANCE DE L'OPINION, par M. le baron Guérard de Rouilly. 1 vol. in-8.

Cet ouvrage, remarquable à la fois par la profondeur des pensées, la justesse des aperçus et l'élégance du style, a réuni les suffrages des publicistes, et ceux des littérateurs au milieu des circonstances qui le virent paraître. Ce n'était pas un faible mérite que celui de savoir concilier les formes d'une sage modération avec les principes d'une noble indépendance, et c'est ce témoignage que ce sont accordés à rendre à l'auteur tous les journaux de la capitale, dans le compte sommaire qu'ils ont publiés de cette production. (Voyez l'*Indépendant* du 1er. avril 1820, le *Constitutionnel* du 2 du même mois, le *Courrier français* du 27, etc. etc.)

www.ingramcontent.com/pod-product-compliance
Ingram Content Group UK Ltd.
Pitfield, Milton Keynes, MK11 3LW, UK
UKHW012113240726
13965UKWH00004B/1745

9 782013 046770